Voyage en page

W0410323

Collection dirigée par Nathalie Daladier
Coéditée par Gallimard Jeunesse et la SNCF

© SNCF/Éditions Gallimard Jeunesse, 2009,
pour le texte, les illustrations et les jeux

Hugo Verlomme

Le secret du capitaine Killian

Illustrations de Maurice Pommier

GALLIMARD JEUNESSE/SNCF

1

– Tu sens, Clémentine ? Tu sens l'odeur de poisson ?

– Allons, tu rêves, Anatole !, lui répondit sa sœur jumelle en grimaçant.

Des mouettes criardes survolent les enfants. Le manoir breton d'oncle Killian ne doit plus être bien loin. Le cocher lève la tête vers les mouettes et se tourne vers ses passagers :

– Elles viennent de l'océan ! Peut-être pour vous saluer !

Il rit et fouette les deux chevaux couverts de sueur qui tirent péniblement la calèche.

Tremblants d'émotion, Clémentine et

Anatole se pressent l'un contre l'autre. Pour eux tout est nouveau, inquiétant. Le voyage est long et déchirant, car ils n'ont jamais quitté la ferme où ils ont grandi jusque-là. Ce départ a été curieusement précipité. La maladie de Clémentine a pris tout le monde par surprise, elle la première, qui ne se sent pas mal du tout ! Mais le docteur Becq a été formel : une maladie respiratoire risque de se développer si l'enfant ne suit pas d'urgence une cure aux bains de mer. Or, il se trouve que Mère Poule a un frère capitaine qui vit près de l'océan et qui a accepté de les prendre quelque temps en pension.

Mais plus la calèche s'approche du but, plus les jumeaux sont inquiets. Ils ont déjà tant souffert d'avoir été abandonnés à leur naissance. Mère Poule et M'sieur Gautier les ont recueillis bébés et se sont montrés bons avec eux, les élevant dans la droiture comme leurs propres enfants. Anatole et Clémentine travaillent à la ferme et participent aux corvées. Ils reçoivent un semblant d'éducation d'un écrivain public qui passe de village en village. Quand cet homme est trop soûl, il ferme ses livres, les range dans son cartable et s'en va en zigzaguant dans les chemins creux. Clémentine est appliquée, mais n'excelle qu'en dessin. Anatole est plus frivole, mais apprécie l'arithmétique.

Ce voyage les trouble, car il y a quelque chose de louche dans l'air, Clémentine l'a bien remarqué dans les yeux de Mère Poule qui regardait le docteur Becq d'une drôle de façon. Une complicité règne entre eux : ces deux-là se comprennent sans parler. Clémentine est convaincue qu'ils partagent un secret les concernant.

– Tu trembles, sœurette…, dit Anatole. Tu as peur de voir la mer pour la première fois ? C'est ça ?

– Mais non, Anatole, ce n'est pas la mer. J'ai peur, je sens qu'il va se passer quelque chose…

– Tu as peur pour ta maladie ?

– Non, non ! Mais je suis sûre que le docteur Becq n'a pas dit la vérité…, répond-elle.

Les essieux de la calèche grincent tandis que les chevaux peinent et soufflent dans la côte caillouteuse ; lorsqu'ils parviennent au sommet d'une colline, la vue change. Et soudain… Il est là, incontournable, abstrait, immense : l'océan ! Clémentine est déçue :

– Quoi ? C'est ça la mer ? Ce grand truc bleu au loin ? Juste une ligne sur le ciel ?

– Mais enfin, Clem'… Ce « grand truc », comme tu dis, est bien plus gigantesque que toutes les terres réunies !

– Bof ! Ce n'est qu'un grand étang, voilà tout ! répond-elle, mutine.

Clémentine veut toujours avoir le dernier mot.

La route se transforme en un chemin creux qui serpente et la calèche tangue tel un bateau dans la houle. Enfin, ils débouchent sur un grand parc orné de chênes magnifiques au milieu duquel trône un petit château aux tours pointues, aux toits couverts d'ardoise, et aux murs de pierre bien épais.

– Voici le manoir du capitaine Killian ! Vous êtes arrivés, les enfants !, annonce fièrement le cocher.

– On dirait une prison, murmure Clémentine de plus en plus inquiète.

La première chose que remarque Anatole, ce sont deux poings fermés, gros comme des ballons, et un sabre dans son étui. Au-dessus, les manches d'une vareuse qui n'en finit pas. Et là, un grand visage barbu, un nez cabossé et deux yeux perçants, qui vont d'un enfant à l'autre. Tel est leur « oncle », le capitaine Killian, les yeux aux aguets et les poings toujours prêts pour la bagarre. Derrière lui, la gouvernante, une dame un peu ronde aux cheveux gris, les regarde sans sourire.

Lorsque le poing s'ouvre pour les saluer, Anatole a peur d'enfouir sa petite main d'enfant dans cette énorme paluche de marin. Mais à son grand étonnement, la main du capitaine est chaude et douce comme une moufle trop grande.

– Tu dois être Anatole, articule la barbe noire parsemée de fils d'argent, s'ouvrant sur des dents blanches.

Le garçon hoche la tête. L'imposant capitaine se tourne alors vers sa sœur et s'accroupit face à elle. Clémentine, qui n'a peur de rien, soutient son regard sans flancher, d'un air de défi. Killian hoche la tête et marmonne en les regardant tous les deux : « C'est extraordinaire ! ».

Les jumeaux sont habitués à être observés : tout le monde cherche des ressemblances entre eux. Pourtant Clémentine a un nez de garçon et Anatole une bouche de fille ; ils se ressemblent, c'est vrai, mais pas comme de vrais jumeaux. Mais la façon dont Killian a murmuré : « C'est extraordinaire ! », montrait bien que ça n'était pas du tout à cela qu'il pensait...

Le premier jour, Adeline, la gouvernante, leur apprend les règles élémentaires de bon fonctionnement en usage au manoir. Le midi ils déjeunent à la cuisine et font connaissance avec Glinglin, le jeune mousse mal coiffé qui sert d'ordonnance au capitaine. Cet adolescent d'une quinzaine d'années est plutôt sympathique et totalement dévoué au capitaine Killian, qu'il accompagne dans ses traversées. Lorsqu'il marche, on dirait une marionnette désarticulée, comme s'il se trouvait sur le pont d'un bateau. C'est ce même Glinglin qui est chargé, pendant leur séjour, de les mener sur la plage à marée basse, pour la cure de Clémentine.

– T'as pas l'air si malade que ça, lance le mousse en mangeant un morceau de mie de pain.

– C'est pas moi qui ai décidé, répond Clémentine boudeuse, c'est le docteur...

– Quoi ? Tu veux dire que c'est lui qui décide si tu es malade ou pas ? demande Glinglin, la bouche entrouverte.

– Hé ben oui ! rétorque vivement Anatole qui protège toujours sa sœur.

Glinglin trempe à nouveau son pain dans sa soupe tiède et hoche la tête, incrédule :

– Ces bouseux de paysans m'étonneront toujours, marmonne-t-il pour lui-même en haussant les épaules.

Jamais les jumeaux ne s'étaient fait traiter de « bouseux » ou de « paysans » !

Dès le premier soir, les deux enfants sont conduits à la table du capitaine. Killian s'applique à manger soigneusement un morceau de poulet sans paraître les regarder. À la fin du repas, le grand homme entraîne les jumeaux près de la cheminée où danse un feu crépitant, puis il allume une pipe et en tire de grosses bouffées. La fumée forme une masse grise qui l'enveloppe puis se laisse bientôt aspirer par la cheminée.

– Vous êtes bien silencieux, leur dit leur hôte les sourcils froncés. Dans sa lettre,

madame… Enfin, je veux dire, ma sœur, me dit que vous êtes tous les deux malins et agiles comme des singes. C'est donc vrai ?

Les enfants ne savent que répondre.

Le feu se met à pétarader comme un peloton d'exécution.

– J'ai souvent croisé des singes dans mes voyages, continue le capitaine en tirant sur sa pipe, il y en a même qui ont réussi à sauter à bord ! Des ouistitis ou des macaques, je ne sais plus… Mais vous, ma foi, vous ressemblez à deux statues de pierre… Ne tremblez pas comme ça ! Allez, il y a deux tabourets près du feu, asseyez-vous donc.

Clémentine et Anatole obéissent. Les tabourets à trois pieds ne sont guère confortables, mais le feu les réchauffe. Le capitaine ne cesse de les observer ; il va de l'un à l'autre et hoche la tête, sans pour autant expliquer son attitude. Puis, après une nouvelle bouffée de son tabac à l'arôme corsé, il leur demande :

– Et donc vous n'avez jamais vu la mer, ni l'un ni l'autre ?

Pour toute réponse, les enfants font « non » de la tête, intimidés par la stature de Killian, dont les yeux brillants les détaillent. Un instant, Clémentine se demande si, en réalité, Mère Poule ne les aurait pas vendus à un ogre s'apprêtant à les dévorer…

– La mer, répète le capitaine de sa voix rocailleuse, elle est tout, pour moi. Je suis presque né dedans, car ma mère a accouché à bord du brigantin dont mon père était capitaine. Ils revenaient des îles et la première chose que j'ai entendue, c'est le bruit des vagues sur la coque, le grincement des poulies, le chant des marins… Et dans mon souvenir, le premier parfum que j'ai respiré est celui du grand large, plein d'embruns, ambré et poivré à la fois... Et croyez-moi, tout cela est entré en moi pour ne plus jamais en ressortir ! Quand je reste trop longtemps sans naviguer, je suis comme un poisson hors de l'eau, j'étouffe !...

– J'ai grandi au port, continue-t-il, j'ai dormi avec le ressac, j'ai vécu avec les marées et les tempêtes. À sept ans je savais manier l'aviron assez bien pour godiller dans la baie. À onze ans je partais pêcher seul en mer, à bord d'une chaloupe à voile, vous imaginez ça ?

Non, les jumeaux ne peuvent l'imaginer. Pour eux, le quotidien c'est avant tout le chant du coq, l'aboiement des chiens, l'étable, la cour de la ferme avec chevaux, poules et cochons, l'odeur âcre du purin, les bouses de vaches séchées, mais aussi les champs de coquelicots, les matins de printemps dans les prairies fleuries, les foins coupés de l'été et les fêtes qui s'en suivent... Killian reprend, d'un air redoutable :

– Mon école à moi, ce fut l'océan, les courants, les vagues, les tempêtes, le pont des navires et parfois les tavernes... Et vous savez ce que ça a donné ? Eh bien, à seize ans à peine, encore morveux, voilà que je me prenais déjà pour un pirate ! J'avais entendu parler des exploits du capitaine Edward Teach, alias Barbe Noire ! Cet homme était un colosse et quand il se battait, de la fumée sortait de ses cheveux, vrai de vrai !

À ce moment de son histoire, le capitaine dégaine son sabre de son fourreau dans un bruit métallique ; les jumeaux frémissent et s'imaginent déjà découpés en rondelles. L'acier scintille dans les flammes. Menaçant, Killian se dresse de toute sa hauteur, sabre au clair, prêt à l'abordage...

– Combien croyez-vous que cette lame a

coupé de gens en morceaux ? leur demande-t-il avec son sourire féroce.

Clémentine et Anatole se dressent en faisant tomber les tabourets. Killian rengaine son arme et éclate de rire :

– Faut pas trembler comme ça, enfin ! Je ne vais pas vous manger…

Clémentine se demande si, en plus d'autres pouvoirs, il peut lire dans leurs pensées.

– Venez avec moi ! ordonne-t-il en se dirigeant vers une porte.

Les enfants hésitent, mais devant l'air sévère de Killian, ils obéissent et montent, le cœur battant, l'escalier en colimaçon menant à la tour de guet. Killian grimpe à toute allure. Les enfants s'efforcent de le suivre et arrivent hors d'haleine sur le palier. Là, il les pousse sur une étroite terrasse qui domine le paysage nocturne.

Des grappes d'étoiles apparaissent.

Essoufflés, Anatole et Clémentine regardent sans comprendre.

– Voilà ma vraie mère..., leur dit, solennel, le capitaine Killian, tendant la main vers la nuit lointaine. Fatigués, inquiets, les enfants ne voient rien.

– Vous soufflez comme des bœufs tous les deux, on n'entend rien ! Est-ce que je suis essoufflé, moi ?... Non. Et pourtant, je suis bien plus vieux que vous ! Alors calmez-vous un peu et ouvrez grand vos oreilles. Vous allez l'entendre respirer...

– ... Mais entendre qui ? demande Anatole.

– Chhhht, insiste Killian. Là, au loin vous entendez ? Cette respiration qui chuinte...

Peu à peu Clémentine et Anatole s'habituent à l'obscurité et prennent conscience de la hauteur à laquelle ils se trouvent ; au loin ils distinguent les contours des collines, des falaises, ici et là des loupiotes... Enfin, ils

perçoivent cette fameuse respiration lointaine, le va-et-vient de l'océan qui sans cesse embrasse et caresse la terre.

– C'est le ressac, murmure Killian, la marée monte et le vent d'est se maintient. Ce serait un sacré bon moment pour prendre le large ! Alors, vous la voyez, maintenant ? Il tend à nouveau le bras vers l'ouest.

En se penchant et en plissant les paupières, Anatole distingue une masse obscure comme

de l'encre, délimitée par un long trait horizontal, au-dessus duquel grésillent les étoiles.

– La mer…, murmure Clémentine émerveillée, qui comprend ce qu'ils sont venus faire là-haut.

Elle ne la voit pas vraiment, elle qui n'a pas une aussi bonne vue que son frère, mais la devine, la hume, l'imagine là, tout près, aussi grande que le ciel…

Killian reprend :

– Je pourrais passer ma vie entière à la parcourir du nord au sud et d'est en ouest, et je n'en connaîtrais qu'une minuscule partie ! Et pourtant, j'en ai vu des choses… J'ai vu des tourbillons et des tornades, des vagues géantes et des icebergs, j'ai vu des dauphins et des baleines, des sirènes et des requins, mais j'ai aussi vu des monstres plus grands qu'un navire…

– Des monstres ? ne peut s'empêcher de s'écrier Anatole.

Killian se dresse, scrutant un instant l'horizon nocturne, comme s'il déchiffrait des messages dans le reflet des houles lointaines :

– Les hommes ignorent tout ce qu'il y a au fond des océans, Anatole, mais moi j'ai vu les eaux s'entrouvrir, et des créatures inimaginables en surgir… Nulle part sur terre tu n'en trouveras de plus grandes, de plus belles… Certaines ont huit bras, d'autres des dents comme des sabres et l'on dit que le Krakken, avec ses tentacules, peut couler un navire comme le mien en trois secondes ! Et pourtant *La Lutine* est un sacré lougre, tu peux me croire...

– Un... lougre ? s'étonne Clémentine.

– Ah c'est vrai, vous êtes des gars de la campagne ! Alors que je vous dise : un lougre ici, c'est ce qui se fait de mieux, de plus rapide et maniable, il peut transporter toutes sortes de choses au nez et à la barbe de... Killian se trouble, conscient d'en dire trop, puis, passionné, répond à la petite :

– Un lougre, Clémentine, c'est un petit trois-mâts bien de chez nous, en Bretagne. Le mien mesure 32 mètres et jauge 65 tonneaux. Ma jolie *Lutine* file comme le vent quand on sait lui parler... À son bord, j'ai affronté la houle de Patagonie et les grains des Caraïbes. Demande à Glinglin comme

La Lutine navigue bien par vent arrière dans l'alizé…

Pour la première fois, Killian laisse échapper un sourire sous sa barbe revêche ; ses dents brillent dans la nuit. Soudain il sursaute, comme piqué par une guêpe. Là-bas, sur l'horizon, il vient d'apercevoir quelque chose qui l'a mis en alerte. D'une voix tonitruante, il appelle :

– Glinglin ! Ma longue-vue, vite !

– Oui capitaine ! répond l'écho d'une voix, en bas de l'escalier.

Les jumeaux prennent alors conscience que Glinglin se trouve dans les parages, les suivant comme une ombre, prêt à répondre aux ordres de son capitaine. En attendant le mousse, Killian met ses mains en visière pour percer l'obscurité de la nuit. Anatole croit discerner des loupiotes qui montent et descendent sur l'eau. Enfin Glinglin jaillit en haut de l'escalier, rapportant la précieuse longue-vue. Sans même le remercier, le capitaine s'empare de l'objet et le colle à son œil pour scruter la nuit. Ce qu'il voit lui tire des cris de surprise et d'excitation :

– Nom de nom ! Double Jim est de retour ! C'est pas trop tôt ! Ah, les affaires reprennent ! En attendant, Glinglin, va donc me coucher cette marmaille..., dit-il, montrant les jumeaux.

– Une chose encore : à quelle heure est la marée basse demain, Glinglin ?

– Euh... 10 heures 35, capitaine, avec un coefficient de 63.

– Ah, bien, c'est parfait ! Demain matin, tu me prépares ces deux blancs-becs et tu les mènes sur la grève une bonne heure avant le jusant. Il désigne Clémentine :

– Je veux que la petite passe du temps dans le champ de goémon, en face de la Roche

Tordue. Et tu feras bien attention à la marée remontante et aux sables mouvants, tu m'entends ?

– Sûr, capitaine ! répond Glinglin, tel un automate bien réglé.

– Et ne t'avise pas de taquiner les gros dormeurs, hein ? lance Killian avec un clin d'œil complice.

– Euh... Compris, capitaine !

Killian regarde une dernière fois les jumeaux.

– C'est l'heure d'aller se coucher ! Un dernier conseil : ouvrez l'œil dans le noir, car les korrigans rôdent par ici !

– Les korri... quoi ? répètent les enfants intrigués.

– Vous demanderez à Glinglin..., lance le capitaine en ricanant ; puis il s'engouffre dans l'escalier et disparaît tel un courant d'air.

Lorsqu'ils descendent à leur tour, Glinglin

les précède puis les guide jusqu'au couloir de leur chambre. Les jumeaux l'assaillent de questions :

– Dis-nous ce que c'est, un korri... ! ? supplie Anatole.

– Ah, les korrigans ! Glinglin sourit, malicieux. Tout le monde les connaît, ici. Ce sont des espèces de lutins, des petits êtres qui apparaissent dans le noir. Il y en a de très beaux, mais aussi de très laids, avec de grandes oreilles pointues !

– Et... ils sont gentils ? demande Clémentine inquiète.

– Gentils ? Eh ben... Oui et non, répond Glinglin en faisant la moue, s'ils t'invitent à danser, par exemple, méfie-toi, car ils peuvent te jeter un sort et alors tu ne pourras plus t'arrêter de danser pendant toute la nuit ! Ce sont de sacrés farceurs.

– Tu en as déjà rencontré ?

– Euh, oui, mais maintenant il est tard... Allez, reprend Glinglin, on va se coucher. Demain, la plage !

– Tu ne vas pas nous réveiller pendant la nuit, dis ? demande Clémentine.

– Ben non. Pourquoi donc ?

– Le capitaine t'a dit de ne pas taquiner les gros dormeurs...

– Ah ça ? Le mousse se met à rire de toutes ses dents. Rien à voir ! Tu comprendras demain. Dormez bien, tous les deux ! Sur ce, riant encore, le jeune mousse les abandonne dans le couloir et s'en va.

Anatole et Clémentine entrent dans leur chambre, tremblants d'émotion. On leur a installé deux lits à chaque bout de la pièce, mais Clémentine préfère s'endormir près de son frère. Ils se couchent l'un contre l'autre, hantés par des images de monstres marins et de nains

malfaisants cachés dans de sombres recoins…

– Je me demande ce qu'il a repéré dans sa longue-vue, marmonne Anatole à l'oreille de sa sœur !

– Sans doute un autre bateau, un ami, peut-être ? répond-elle.

– Oui, Double Jim, hmmm…

Anatole reste songeur. « Les affaires reprennent » a-t-il dit à Glinglin. Qu'est-ce que cela peut signifier ?

Mais Clémentine pense à autre chose :

– Dis-moi franchement, tu trouves qu'oncle Killian ressemble à sa sœur, Mère Poule ? chuchote-t-elle.

– Ça non, pas du tout ! Mais tu sais, tous les frères et sœurs ne se ressemblent pas.

– Ah ah, très drôle, s'énerve Clémentine. Mais quand même, un homme comme Killian, qui connaît plein de choses et vit dans un manoir au bord de la mer… On n'en a jamais entendu parler à la ferme et d'un seul coup le docteur m'ordonne d'aller respirer l'air de la mer ! Avoue que c'est bizarre...

Anatole réfléchit aux propos de sa sœur ; elle n'a pas tort, on a du mal à croire que Mère Poule et le capitaine Killian puissent être de la même famille.

– Et qu'est-ce que tu vas imaginer ? lui demande-t-il en lui prenant la main, comme à la ferme lorsqu'elle faisait des cauchemars.

– Je suis perdue, petit frère, je ne comprends pas pourquoi nous sommes ici, chuchote-t-elle, frémissante d'inquiétude. Et en plus, je ne me sens pas malade, du tout. Ce docteur Becq est un ignorant !

– Chhh, chhh, ma petite Clem'... Ne t'en fais pas, je suis là. Il lui caresse les cheveux délicatement et quelques instants plus tard, sans qu'aucun d'eux ne s'en rende compte, ils s'endorment au même moment.

2

Au matin, l'arrivée sur la plage est une déception pour les jumeaux :

– Mais où est-elle, enfin ? demande Anatole en montrant la grève humide, les algues couchées, les rigoles et les flaques d'eau.

Il est désappointé de ne pas se trouver enfin face à ce fameux océan Atlantique.

– C'est la marée basse, commente Glinglin, la mer se retire très loin dans la baie. Il faudrait grimper sur des rochers pour la voir.

– J'ai mal aux pieds, se plaint Clémentine qui a du mal à marcher avec les sabots que leur a fournis Adeline.

– Tu t'habitueras, répond Glinglin joyeusement. Mais au moins, tu ne te blesseras pas sur une huître ou un oursin...

– Il y a des ours, ici ?

– Mais non ! réplique le mousse en levant les yeux au ciel, ce sont des boules de piquants ! Le capitaine adore manger l'intérieur...

– Il mange des piquants ? s'inquiète Clémentine.

– Pourquoi on ne peut pas voir la mer ? insiste Anatole.

– C'est marée basse...répète le mousse.

Devant leur incompréhension, il tente de leur expliquer le mécanisme des marées, l'action de la lune, ce qui leur fait ouvrir des yeux encore plus grands. Tandis qu'ils progressent sur le sable parmi les algues, Glinglin ajoute :

– Si nous restons ici sans bouger, dans quatre heures on aura de l'eau par-dessus la tête et des poissons partout autour de nous !

Glinglin s'amuse de leur naïveté, mais se souvient que le capitaine lui a confié une mission. Il guide alors les jumeaux jusqu'à la Roche Tordue, dressée devant une langue de sable blanc et encadrée par les chevelures luisantes des algues, du goémon et des laminaires ; l'odeur d'iode est enivrante.

– Ici on peut se mettre pieds nus. C'est bon pour ce que tu as, dit-il à Clémentine.

Les jumeaux sont ravis de marcher pieds nus sur le sable humide, entre les flaques d'eau grouillantes de vie ; des dizaines de petits crabes s'enfuient à leur approche. Clémentine est fascinée par les longues lanières d'algues luisantes et douces qui glissent entre ses doigts.

– On dirait des serpents ! dit-elle excitée.

– Ce sont des laminaires. À marée haute,

précise le mousse, ces longues algues se tiennent verticales et forment des forêts qui ondulent dans le courant.

– Tu les as vues sous l'eau ? s'exclame Anatole qui n'en revient pas.

– Le capitaine a une boîte avec un fond transparent. En la posant à la surface, on peut voir le fond de la mer...

Clémentine s'accroupit pour observer de plus près une petite mare où s'agitent de minuscules poissons argentés, prisonniers de la marée basse. Le mousse laisse les enfants découvrir les merveilles de cet univers éphémère, tandis qu'il se livre à une curieuse activité, soulevant méticuleusement de gros rochers pour regarder dessous. Au bout d'un moment, trouvant enfin ce qu'il cherchait, Glinglin pousse un cri de joie :

– Venez voir !

Les jumeaux accourent et se penchent,

curieux, au-dessus de la flaque d'eau, sans rien remarquer.

– Là !, insiste le mousse, le doigt tendu vers un large galet rouge brique. Mais les enfants ne voient rien.

– Tu sais ce que c'est, Clémentine qu'un dormeur ?... L'enfant remue la tête. Eh bien il y en a un ici !

Joignant le geste à la parole, Glinglin plonge la main dans l'eau et saisit le galet par les côtés. Les enfants poussent un cri en découvrant un gros crabe rouge, muni de pinces énormes !

– Un tourteau ! lance Glinglin tout fier, retournant le crustacé pour regarder son abdomen. Et une femelle en plus ! On les appelle des « dormeurs » parce qu'ils passent des jours et des jours à dormir sous les rochers !

– Mais le capitaine ne t'a-t-il pas dit de les

laisser tranquilles ? demande Anatole, le sourcil froncé.

– En réalité, c'est sa façon à lui d'en demander un. Glinglin sourit en clignant de l'œil. Il adore ça au petit déjeuner, surtout lorsque les femelles ont du corail !

D'un geste vif, le mousse plonge le crabe dans le panier qu'il porte à son côté.

Après de bons moments passés à jouer sur l'estran, cette zone humide située entre marée haute et marée basse, Glinglin décrète qu'il est temps de rentrer, car la marée remonte. Il les entraîne le long d'un sentier escarpé, en haut duquel il leur réserve une surprise. Ils grimpent en silence entre les talus. Au détour du chemin, le mousse escalade une butte herbeuse et appelle les jumeaux. Clémentine et Anatole le rejoignent, le rose aux joues, et découvrent alors un merveilleux spectacle. Pour la première fois de leur vie, ils contemplent enfin la mer ! La vraie, la seule, l'indescriptible... À leurs pieds, des falaises, des rochers, puis le bleu royal qui s'étend à l'infini, ce bel océan écumant avec sa houle ample, présence sans limites qui remue et respire, l'eau, la vie... Un autre univers...

Une fois qu'ils ont bien contemplé l'océan, Glinglin attire leur attention en contrebas : ils découvrent une crique aux eaux calmes, à l'abri du vent et des vagues. Un port de fortune y a été aménagé, avec deux cabanes et un ponton. Au centre de la crique, des eaux sombres et profondes sur lesquelles flottent des barques ; mais le joyau de cet écrin est sans conteste un trois-mâts au mouillage, trônant sur les eaux soyeuses de la crique.

– Voici *La Lutine* ! annonce fièrement le mousse. Le lougre du capitaine Killian...

– Ouahh !

Anatole reste bouche bée. Pimpant, le petit trois-mâts brille de mille feux, il est beau, coloré, tout est en ordre sur le pont, les voiles sont ferlées sur leurs vergues et il semble fraîchement sorti du chantier naval, tant il est briqué. Il donne une folle envie de naviguer vers les îles merveilleuses du bout du monde.

– Avec ça, reprend Glinglin, tu peux être sûr que les bateaux des douaniers et des garde-côtes ne peuvent pas nous rattraper ! Elle file comme le vent, *La Lutine*, et notre capitaine est un fameux barreur…

– On dirait un chien en laisse qui attend pour partir, dit Clémentine, s'imaginant à bord.

Anatole se demande pourquoi Glinglin a mentionné les douaniers. À la ferme, M'sieur Gautier les craint comme la peste, car il fabrique en cachette de l'eau-de-vie de contrebande dans une cabane au fond des bois. Il appelle ça du « ratafia » et parfume son breuvage avec de l'angélique du potager de Mère Poule.

Dès le lendemain matin, l'agitation des préparatifs règne au manoir. Chaque jour à marée basse, Glinglin emmène les jumeaux sur la grève, une belle occasion de rapporter des huîtres ou des étrilles, ces délicieux crabes croustillants, ainsi que des crevettes grises. Anatole et Clémentine adorent la « pêche à pied » et parcourent l'estran avec enthousiasme. Pour suivre les conseils de Killian, Clémentine passe de longs moments près de la Roche Tordue à farfouiller dans les champs d'algues, en quête de coquillages ou de crustacés. Bien vite les enfants ont la joue rose et l'œil brillant. L'air de la mer semble leur réussir et l'on ne parle plus guère de la « maladie » de Clémentine.

Les jours passent. Les vivres et les sacs s'entassent dans les caves ; des marins apparaissent au manoir, portant des caisses, quelques-uns s'attardent aux cuisines et n'ont pas les bonnes manières de Killian. Décoiffés et mal rasés, arborant tatouages et cicatrices, certains ont des têtes franchement patibulaires. Sur la table de la salle à manger, le capitaine a déployé une carte marine, qu'il commente avec son second. Trois fois par jour, il grimpe à la tour pour observer le ciel et la mer, guettant le moment favorable. Certes, il accorde moins de temps aux jumeaux, mais met un point d'honneur à dîner tous les jours avec eux. Ce soir-là, Killian leur explique qu'il doit livrer une cargaison de sel et de peaux de moutons en Baltique ; si le vent ne mollit pas, il appareillera sans doute à l'aube et restera en mer plusieurs jours.

– Je pense être de retour la semaine prochaine... En principe, ajoute-t-il, car avec l'océan, on ne sait jamais !

L'excitation du départ gagne les enfants, qui se pelotonnent dans leur lit en imaginant des aventures peuplées de pirates, de monstres ou d'îles paradisiaques encore vierges. Tous deux s'endorment en rêvant de suivre un jour sur les mers leur « oncle » à la mode de Bretagne...

Cette nuit-là un bruit inhabituel réveille Clémentine, comme si des grelots roulaient et tintaient dans leur chambre. « Drelin drelin ! ». Des lueurs argentées rebondissent sur le parquet. Clémentine sourit : c'est si joli... Encore ensommeillée, elle saute du lit et se trouve face à un lutin souriant qui lui tend la

main. Quelle chance ! Oubliant les recommandations de Glinglin sur les korrigans, elle se met à danser avec le charmant lutin, à l'écoute d'une musique entraînante qui semble provenir de l'intérieur de sa tête.

Anatole est réveillé à son tour par la sarabande et tout ce qu'il voit, c'est sa sœur virevoltant dans la chambre. Il n'en revient pas : Clémentine est déchaînée, elle rit et danse en bondissant à travers la pièce. En passant tout près, elle lui tend la main, et son frère a le malheur de la saisir…

Dès qu'il la touche, Anatole se retrouve soudé à elle par un contact qui électrise son corps. Malgré lui, le voilà qui saute et danse sur place en serrant la main de Clémentine. Tandis qu'il ne peut résister à la danse, il entend résonner un rire diabolique. Soudain, la porte de leur chambre s'ouvre par enchantement et tous deux se trouvent propulsés dans le couloir par une force irrésistible. Anatole entend sa sœur rire aux éclats ; à moins que ce ne soient des sanglots ?

Entraîné vers le fond du couloir, Anatole entrevoit un être sautillant aux oreilles pointues, doté d'une force incroyable, qui tire sur la main de Clémentine. Un korrigan !... Anatole essaye de se souvenir des recommandations de Glinglin, mais n'arrive plus à penser, bousculé par la ronde infernale qui les précipite maintenant dans l'escalier descendant vers les caves du manoir...

Le mousse leur avait bien dit de se méfier. Après tout, les korrigans sont peut-être des monstres sanguinaires, s'inquiète Anatole dont les cheveux se dressent sur la tête ; ou même cannibales ? Une peur bleue le saisit, tandis qu'ils continuent à danser dans l'ombre des caves voûtées, jusqu'au moment où quelqu'un allume une torche. Subitement, le charme est rompu ; la danse s'arrête. Lorsque leurs mains se décollent, les jumeaux se retrouvent seuls, face à un entassement de marchandises hétéroclites.

– Regarde ! lance Clémentine désignant une caisse en bois pleine de légumes. Des oignons et des choux cabus, comme chez Mère Poule ! C'est sûrement le ravitaillement pour le bateau d'oncle Killian...

– Et là, continue Anatole, ces bouteilles, tu crois que c'est quoi ?

– Du vin ? De la bière ? lance Clémentine en retroussant le nez de dégoût.

– On ne devrait pas rester ici, tu sais, si jamais on nous surprend...

– Et ça, qu'est-ce que c'est ?

Anatole se dirige vers l'endroit où sont entassés de nombreux sacs de toile, tous identiques. Il se penche vers l'un d'eux :

– Hou ! Dis donc, ça sent drôlement fort !

– Tu veux dire que ça pue ! s'exclame Clémentine.

– En tout cas, il y en a beaucoup et ce n'est pas du sel... dit Anatole qui entreprend d'en ouvrir un. À l'intérieur, ils découvrent des milliers de feuilles séchées marron, entassées les unes sur les autres. L'odeur est si puissante qu'elle leur soulève le cœur.

– Beuuurk !

– Tu sais quoi, Anatole ? J'me sens pas très bien...

– C'est vrai, tu es toute pâle, petite sœur !

– Je crois que j'ai envie de vomir...

– Euh, non, attends, Clem', surtout pas ici ! Anatole prend conscience de la situation délicate dans laquelle ils se trouvent.

Soudain, l'écho d'un bruit de pas se rapproche dans l'escalier. Pris de panique, Anatole entraîne sa sœur parmi l'entassement de caisses pour s'y cacher. C'est Clémentine qui trouve le meilleur endroit : l'une de ces hautes caisses est remplie de peaux de moutons. Les jumeaux s'enfouissent dans la laine chaude et confortable, se blottissant l'un contre l'autre quand des hommes s'approchent et discutent à voix basse.

Les jumeaux se taisent, retenant leur souffle. Avec son imagination galopante, Anatole craint le pire : pourvu que Clémentine ne soit pas malade maintenant... Si les marins les découvrent, ils risquent d'en voir de toutes les couleurs, peut-être même seront-ils pendus haut et court à la grande vergue du bateau ? Il tremble mais ne bronche pas. Au bout d'un moment, il découvre avec surprise que sa sœur s'est endormie contre lui, lovée dans les peaux de mouton. Sa respiration est douce et régulière ; Anatole respire au même rythme, et finit par s'endormir à son tour. Intoxiqués par les vapeurs de tabac, tous deux font des rêves étranges et effrayants, sans jamais se réveiller.

Ce n'est qu'au petit matin qu'ils ouvrent les yeux et là, une incroyable surprise les attend...

3

– Anatole, je crois que je suis encore malade, tout bouge…

– Oui, c'est vrai que tout bouge…

– Mais où est-on, petit frère ? Ça sent le mouton, se plaint Clémentine.

– Ça sent surtout autre chose, Clem'. Ça sent l'océan…

Anatole escalade les peaux de moutons et découvre le nouvel environnement où ils ont été transportés pendant la nuit, sans même s'en rendre compte : la cale d'un bateau ! Tout bouge, tout craque et grince autour d'eux, et des rais de lumière filtrent par un capot entrouvert. Les mouvements sont

réguliers et Anatole entend le chant de l'eau sur la coque. La coque d'un navire !...

– Mon Dieu ! crie Clémentine qui vient de comprendre. Nous avons été transportés à bord de *La Lutine*...

– Et nous sommes en pleine mer, confirme son frère d'une voix blanche.

– Ouille... s'inquiète Clémentine, mais qu'est-ce qu'on va faire ?

– Peut-être que je devrais monter sur le pont, commence Anatole, pour aller voir le capitaine et...

– À votre place je ne ferais pas cela, jeune blanc-bec... lance alors une petite voix nasillarde avec un drôle d'accent.

Les jumeaux se figent sur place, convaincus qu'ils sont repérés, mais découvrent alors une souris qui les contemple perchée au sommet d'un sac de tabac. Une souris qui parle !

– Je me présente : Jack Le Borgne, leur dit

la souris. Eh oui, je n'ai qu'un œil ! Tout ça à cause de ce sale chat de gouttière embarqué à La Nouvelle-Providence... Heureusement que Killian l'a jeté par-dessus bord !

Les jumeaux constatent en effet qu'un de ses yeux reste toujours fermé. Jack Le Borgne les toise de haut et finit de chiquer sa feuille de tabac en faisant la grimace :

– Ma parole, ce tabac de Double Jim, c'est du foin ! Faut que j'en touche deux mots au cap'tain.

– Du tabac ? répète Clémentine, voilà donc ce qu'il y a à l'intérieur des sacs !

– Vous connaissez le capitaine ? demande Anatole.

– Si je le connais ? Diantre, depuis le temps qu'on navigue ensemble ! En tout cas, croyez-moi, y'a des moments où il vaut mieux ne pas le déranger. Maintenant, par exemple...

– Ah bon, et pourquoi maintenant ? interroge Clémentine.

– Parce qu'il y a du brouillard et que deux navires garde-côtes sont à nos trousses depuis notre entrée en Manche. Tant que *La Lutine* ne sera pas dans les eaux flamandes, Killian va naviguer au plus près du vent, répond la souris en crachant un résidu de tabac mâché.

– Les navires garde-côtes ? répète Anatole.

– Oh allez, ne faites pas les innocents ! Vous êtes des passagers clandestins à bord d'un navire de contrebandiers ! Si j'étais vous, je me tiendrais à carreau jusqu'à ce soir… Il y a de quoi boire et manger dans la cale. Et puis il vaudrait mieux que vous n'ayez pas le mal de mer. Le cap'tain déteste ça !

Jack Le Borgne semblait tout connaître de ce navire.

– Mais alors, lance Clémentine avec innocence, notre oncle est un contrebandier ?

– Et un fameux, oui ! Tu ferais mieux de dire un pirate ! Un Frère de la Côte, comme ils s'appellent entre eux. C'est vrai qu'il cache bien son jeu au manoir. Mais sur son bateau, c'est un véritable aigle des mers !

Le lougre se met à gîter davantage, au point que les enfants doivent se tenir pour ne pas tomber ; les membrures grincent et des voix s'élèvent sur le pont.

– Tiens, je vous le disais, ils serrent le vent au plus près. On doit filer à toute allure dans le brouillard. Heureusement que votre oncle connaît ces eaux comme sa poche, sinon nous irions droit sur les cailloux !

– Comment sais-tu que Killian est notre oncle ?

– Oh, je sais beaucoup de choses, petit, je me faufile partout, je vois tout, j'entends tout, et Killian me fait ses confidences. Il ne sait même pas que je peux parler !

– Quoi?? s'exclame Clémentine éberluée.

– En fait, je ne peux parler qu'aux enfants, les adultes ne peuvent pas m'entendre, c'est comme ça ! Alors Killian ne se méfie pas de moi et du coup, il me raconte tout ! Il a tellement changé, depuis qu'il a reçu cette lettre…

– Quelle lettre ? demande Anatole, intrigué.

– Je ne sais pas si je devrais vous en parler… Perplexe, Jack Le Borgne se gratte la tête ; ses moustaches remuent.

– La lettre de Julia… Une femme qu'il a beaucoup aimée, il y a longtemps. Au moment où elle a écrit cette lettre, elle se savait très malade et ne voulait pas disparaître sans lui transmettre son secret, et justement, ce secret…

Mais Jack Le Borgne ne peut finir sa confidence, car une voix surprise s'élève du capot entrouvert :

– Holà ! Mais qu'est-ce qui se passe ici ? Une silhouette se faufile dans la cale. C'est Glinglin. La souris disparaît aussi prestement qu'elle était venue. Les yeux écarquillés, le mousse regarde les jumeaux.

– Mais nom d'un p'tit bonhomme, qu'est-ce que vous faites là ? Dites-moi que je rêve !

– Euh, à vrai dire c'est un accident... à cause d'un korrigan, bredouille Clémentine. On s'est endormis dans les peaux de mouton et on s'est réveillés ici !

– Un korrigan ? Les peaux de mouton ? Qu'est-ce que c'est que cette histoire ? Oh ! là, là, tonnerre de Brest, que va dire le capitaine ?... En tout cas, je peux vous garantir que ce n'est pas le moment de le déranger, lance le mousse, l'air important.

– Oui oui, on sait, rétorque Anatole voulant jouer les affranchis.

– Qu'est-ce que tu sais ? demande Glinglin prêt à se moquer de lui.

– Eh bien, qu'on file au plus près du vent en plein brouillard...

– Et aussi qu'on a deux navires garde-côtes aux trousses, ajoute Clémentine avec un sourire entendu.

Glinglin ouvre de grands yeux :

– Mais comment savez-vous tout ça, vous les bouseux ?

– On sait écouter, voilà tout, répond Anatole, fier d'avoir retenu les paroles de Jack Le Borgne.

– Bon, pour l'instant, vous allez rester là sans bouger, leur dit Glinglin avant de remonter sur le pont. Je reviendrai vous voir tout à l'heure, mais surtout ne faites pas de bruit...

Une fois le mousse parti, la souris refait son apparition, très contente d'elle-même :

– Vous voyez, je vous l'avais dit !

– Dis Jack, juste avant que Glinglin arrive, tu nous parlais d'un secret ? demande Clémentine.

– Oh, ça ? (Jack Le Borgne hausse les épaules.) Je suis trop bavard... et après j'ai des trous de mémoire. C'est sûrement le tabac. Très mauvais pour la santé, le tabac... De toute façon ce n'est pas à moi de vous dire tout ça... Venez plutôt par là, dit-il en sautillant de sac en sac jusqu'à atteindre des boîtes d'appétissants biscuits au beurre, une spécialité bretonne.

Jack Le Borgne s'efforce de mettre les enfants à l'aise. Heureusement, les jumeaux semblent avoir le pied marin ; ils croquent les biscuits avec appétit et ne se plaignent pas des mouvements du lougre. Un bon point. Au bout d'un moment, le navire change d'allure et d'autres voix résonnent sur le pont ; Jack dresse l'oreille :

– Silence matelots ! Je crois que nous sommes encalminés...

– En cal... ?

– Ça veut dire que le vent est tombé et que le bateau est en panne, qu'il n'avance plus. Vous ne le sentez donc pas ?

En effet, le bateau bouge différemment, se balançant sur la houle, et peu à peu un étrange silence finit par tomber sur *La Lutine*. Jack s'approche des jumeaux en chuchotant :

– Le capitaine a imposé le silence à l'équipage. Dans le brouillard, c'est très important, car le moindre bruit peut nous faire repérer à des milles !

Il ne reste plus qu'à s'asseoir et à attendre en silence. Mais au moment où Clémentine s'installe sur des sacs à voile, elle fait crouler une pile de chaînes d'ancre qui déclenchent un incroyable tintamarre, plus bruyant que toutes les cloches d'une cathédrale à pleine volée !

Jack Le Borgne a juste le temps de crier « Dieu du ciel ! » avant de prendre la poudre d'escampette. Déjà des pas lourds se déplacent sur le pont. Les jumeaux se serrent l'un contre l'autre en frissonnant de peur. Le capot s'ouvre et l'imposant capitaine Killian descend dans la cale, sabre à la main, prêt à combattre ou à châtier.

À la vue des jumeaux blottis contre les sacs de tabac, son visage passe par plusieurs expressions : une énorme surprise, puis une colère bouillonnante, suivie par une moue perplexe, débouchant enfin sur un brin d'admiration. Mais bien vite le capitaine se ressaisit et lance d'une grosse voix :

– Cornes de bouc ! Des passagers clandestins ! Qu'est-ce ce que ces deux moussaillons d'eau douce font ici ?

Terrorisés, les enfants sont incapables de répondre.

Le capitaine appelle Glinglin qui arrive aussitôt en tremblant.

– Il paraît qu'ils se sont endormis dans les peaux de mouton au manoir, explique le mousse précipitamment, et euh... et ils se sont réveillés à bord...

– Et vous, qu'avez-vous à dire ? leur demande Killian.

– Eh ben ! c'est un korrigan qui... commence Clémentine, mais Anatole l'interrompt d'un coup de coude.

– Laisse parler ta sœur, ordonne Killian.

Clémentine lui raconte d'une petite voix comment un korrigan l'a réveillée en pleine nuit pour l'inviter à danser et comment elle a accepté, ce qui les a entraînés, elle et son frère, dans les caves du manoir...

Le récit fait sourire le capitaine ; Clémentine craint qu'il ne la croie pas et qu'il se mette en colère.

– Glinglin, tonne-t-il, prépare-moi la capsule à messages.

– Oui, capitaine !

Le mousse file.

– On va commencer par envoyer un message au manoir. Adeline doit se faire un sang d'encre. Venez avec moi !

Les jumeaux remontent sur le pont avec le capitaine, sous le regard médusé des marins silencieux. Il les guide jusqu'à sa propre cabine, à l'arrière du lougre immobilisé dans la brume. Glinglin est déjà là, avec à la main une cage contenant un pigeon. Sur le bureau du capitaine, il a disposé de l'encre, une plume et un minuscule rouleau de papier destiné à tenir dans le petit tube fixé à la patte du pigeon voyageur. Sans un mot, Killian s'assied et rédige un court message pour rassurer Adeline et lui dire qu'il garde les enfants à bord. Puis il insère le papier dans le tube et libère le pigeon voyageur par le capot ouvert :

– Allez ! Va, vole, rentre vite à la maison ! ordonne-t-il à l'oiseau qui disparaît dans le brouillard en trois battements d'aile.

– Il sera rentré au manoir avant ce soir, ces oiseaux retrouvent toujours leur chemin... commente Killian, puis, se tournant vers Clémentine et Anatole, il ajoute :

– Et vous... Qu'est-ce qu'on va faire de vous, maintenant ?

– Capitaine, la brise se lève et la brume se dissipe, lance un matelot du haut de l'escalier.

L'urgence saisit Killian.

– Pour l'instant, vous restez là ! Il indique aux enfants un recoin de la cabine avec deux banquettes, puis grimpe sur le pont. Quelques secondes plus tard, il lance une série d'ordres. Très vite, les voiles se gonflent et *La Lutine* se remet en route.

Pendant des heures, les jumeaux restent dans la cabine, fascinés par cet univers si nouveau, observant l'océan par un hublot. Personne ne vient les voir, car les hommes s'activent sans cesse sur le pont. Parfois ils entendent Killian aboyer des ordres et le lougre se met alors à filer plus vite. Tous deux sont surexcités à l'idée d'être en mer. Ils observent la cabine rudimentaire et ordonnée du capitaine et s'accrochent aux banquettes lorsque le navire se remet à gîter pour gagner de la vitesse. Au milieu de l'après-midi, un cri de victoire jaillit de

l'équipage. Glinglin passe alors la tête par le capot, fou de joie :

– Hourrah, les amis, nous sommes dans les eaux flamandes ! Les navires garde-côtes ont dû faire demi-tour ! Encore une fois, *La Lutine* a été la plus rapide !

Un peu plus tard, Killian revient dans la cabine, lui aussi joyeux. Son visage rayonne et il semble regarder les enfants avec d'autres yeux :

– Alors, ça vous plaît, la navigation ?

Les enfants hochent la tête.

– Pas de mal de mer ? Ils font « non ».

– En tout cas, continue-t-il, on les a bien semés ! Nous sommes dans les eaux flamandes ; vous m'avez porté bonheur... Mais je dois dire que tout à l'heure, quand je vous ai découverts à bord, j'ai eu envie de vous couper en rondelles ! Je n'aime pas les passagers clandestins...

Les enfants se font tout petits, conscients que l'homme qui se tient devant eux peut aussi être un redoutable guerrier. Pour l'heure, un large sourire illumine son visage barbu :

– Je bénis ce vent de noroît qui nous a été favorable ! *La Lutine* a bien navigué pour traverser la Manche et nous voilà tranquilles pour un moment… Vous savez, j'ai beaucoup réfléchi, tout à l'heure…

Le ton de Killian devient solennel, ce qui impressionne encore plus les enfants. Il les regarde tour à tour dans les yeux :

– Anatole, Clémentine, vous êtes de sacrés moussaillons et vous n'avez pas froid aux yeux ! J'ai d'abord hésité entre vous mettre à fond de cale ou vous faire gratter le pont… J'ai même songé à faire demi-tour pour vous ramener au manoir ! Mais finalement, après réflexion, je suis plutôt fier de vous. Je trouve ça épatant que vous soyez là, tous les deux près de moi…

Les jumeaux sont quelque peu abasourdis, et plus encore lorsqu'ils voient deux marins entrer dans la cabine portant des nourritures appétissantes et odorantes, salade de chou et d'œufs durs, cuisses de poulet, patates sautées, pain frais, qu'ils déposent sur la table du capitaine avant de disparaître.

– Vous devez mourir de faim, dit Killian avec gentillesse. L'aventure ça creuse !

– Mais alors, vous n'êtes plus fâché ? demande Clémentine. Et nous, qu'est-ce qu'on va devenir ?

– Eh bien, jeune fille, nous allons d'abord prendre des forces et ensuite je vous raconterai une histoire…

– Comme le soir au manoir ?

– Non, pas tout à fait, ma petite… Une histoire à la fois triste et joyeuse. Mais chaque chose en son temps…

Killian leur sert des assiettes bien garnies.

– Et attention aux coups de roulis, hein ? Il leur adresse un clin d'œil :

– J'ai dit à l'homme de quart de barrer en douceur pendant qu'on mange, ou sinon, il aura à faire à moi !

Il rit, puis se sert à son tour.

Pour les jumeaux, la situation est irréelle : les voilà dans la cabine du capitaine, partageant un festin en sa compagnie, le tout en pleine mer ! Mais leur tête n'a pas fini de tourner…

Une fois qu'ils ont le ventre plein, Killian entreprend de leur raconter son histoire.

Sa voix se fait alors étrangement nostalgique :

– C'était après la mort de ma femme Louise. Nous n'avions pas eu d'enfant et je suis longtemps resté seul ; cette solitude me rendait triste et mélancolique. Un jour, de retour d'Irlande, j'ai fait escale dans un port du Nord. L'automne était glacial et j'étais désespéré. Je m'enivrais et je jouais aux dés dans les tavernes. Un soir une bande de tricheurs a cherché à me délester de mon argent et je me suis défendu, morbleu ! Mais ces bandits étaient si nombreux qu'ils m'ont laissé en miettes sur le pavé, sous la pluie. Cette nuit-là, j'ai cru mourir... C'est alors qu'un ange est venu à moi. Une fille de pêcheur, pauvre mais robuste, qui avait suivi toute la scène. Elle s'appelait Julia et elle était belle, avec ses cheveux noirs et sa peau laiteuse constellée de taches de rousseur. Elle m'a emmené chez elle, une modeste chambre dans une ruelle, et m'a soigné, alors que j'étais un inconnu pour elle. Julia savait me faire rire ; grâce à elle j'ai guéri et j'ai aussi repris goût à la vie. Nous avons ainsi passé quelques jours heureux ensemble. Mais je devais repartir avant les tempêtes d'hiver.

Killian se trouble face aux deux enfants qui l'écoutent attentivement, inquiets d'entendre la suite :

– Je ne l'ai jamais revue, continue-t-il, mais j'ai très souvent pensé à elle… Et voilà que le mois dernier, j'ai reçu cette incroyable lettre. Une lettre que Julia avait écrite juste avant de mourir de la fièvre. Elle avait eu deux bébés de moi et je ne l'ai jamais su ! Un garçon et une fille… L'émotion de Killian est intense. Mais comme elle ne pouvait pas les garder, elle les a confiés, il y a une dizaine d'années, à un couple de braves paysans, dont elle m'a donné l'adresse…

– C'est Mère Poule et M'sieur Gautier ?? demande Anatole tout pâle.

– Exact, mon garçon…

– Mais alors... ? commence Clémentine dont les yeux se brouillent de larmes.

– ... Alors, dit Killian d'une voix tremblante, je suis votre père ! Il les prend contre lui et passe ses grands bras autour de leurs frêles épaules.

– Mes enfants ! dit-il, la voix brisée.

– Mais pourquoi ne pas nous l'avoir dit tout de suite ? interroge Anatole.

– Je voulais d'abord faire votre connaissance. J'ai dit au docteur Becq d'inventer une petite maladie à Clémentine pour vous faire venir ici. Je me demandais comment vous seriez, après toutes ces années dans une ferme.

– Vous aviez peur qu'on soit devenus des bouseux, comme dit Glinglin ?

Killian se met à rire devant les gentilles effronteries de sa fille. Il sent qu'une vie nouvelle commence pour lui et pour eux.

Son cœur déborde d'émotion à l'idée que ces deux enfants sont les siens et qu'ils ont réussi à se faufiler à bord.

– Vous aussi, vous avez de l'eau salée dans les veines, graines de flibustiers ! Ah, ça, on peut dire que vous m'avez bien eu, tous les deux, à jouer les passagers clandestins sur mon propre bateau. Là, je sais sans aucun doute que vous êtes bien mes enfants ! »

Dans les rires émus qui s'ensuivent, personne ne remarque une souris attendrie, qui observe la scène depuis une étagère, et qui cligne de son œil unique.

Biographie de Hugo Verlomme

Hugo Verlomme est né à Paris mais il a été bercé dès sa petite enfance par les vagues des Landes, notamment celles d'Hossegor. Depuis toujours, deux grandes passions l'animent : la mer et l'écriture. « Écrire, dit-il, c'est une baguette magique, un sésame qui permet d'explorer tous les mondes possibles et imaginables ». Hugo Verlomme est l'auteur d'une dizaine de livres dont deux sur le surf et la glisse, d'un roman de fiction et de plusieurs ouvrages pour la jeunesse où s'expriment toujours son imagination débordante et un goût prononcé pour le fantastique. Ce père de deux enfants, amoureux fou des voyages, scénariste en 1995 d'un film fantastique, est également le fondateur, avec trois amis passionnés, de l'association « Réseau-Cétacés », destinée à mieux connaître et à protéger les cétacés menacés de disparition.

Les romans de Hugo Verlomme publiés
dans Folio Junior, chez Gallimard Jeunesse :

L'Homme des vagues
(Prix Versele 1994, Prix Saint-Exupéry 1994)
Les Indiens de la Ville Lumière
Le Fantôme des plages

collection

Voyage en page

L'oiseau d'or et autres contes, Grimm
Le géant aux chaussettes rouges
et autres contes de la rue Broca, Pierre Gripari
L'aventure des sept horloges, Adrian Conan Doyle
Au revoir Fénimore, Yvon Mauffret
Métalika, Alain Grousset
Contes venus de l'Est, collectif
L'éléphant, Marcel Aymé
Jean-Louis Étienne, l'aventurier des pôles, Christine Coste
Poucette et autres contes, Andersen
L'inconnu de la forêt, Ayyam Sureau
Le phoque blanc, Rudyard Kipling
L'enfant et l'étoile, Dominique Halévy
Aristide, Rosemary Friedman
Le mystère du TGV 7777, Jacqueline Remy
Magicien des mers, Yves Hughes
La princesse grenouille et autres contes,
Collectés et adaptés par Afanassiev
L'évasion de la goélette et autres histoires de mer, Jack London
Le ferry des brumes, Alain Wagneur
Vague de panique, Aubert & Cavali
Trans Europa, Stéphanie Benson
Le voyage du lièvre et du blaireau, Tony Ross

Jeux de voyage

Conception : Murielle Ragoucy
Illustrations : Maurice Pommier

Le sudoku de Killian

Le lougre est un bateau de pêche à trois mâts. Remets chaque petit carré à sa place dans la grille : tu dois avoir L, O, U, G, R, E dans chaque ligne, dans chaque colonne et dans chaque grande case.

L O U G R E

L O G E U R

O	L	E	U	R	G
G	U	R	E		
R		L		U	O
U	G		L		R
L	O		R		E
E		G	O	L	

Festin marin

Dans la cabine du capitaine, Glinglin annonce le menu du déjeuner. Déchiffre les bulles.

Cachette couchette

Observe bien l'image : trois poissons et un crabe dormeur sont cachés dedans. Trouve-les.

La sarabande infernale

Le korrigan entraîne Clémentine et Anatole à travers le manoir. Trace leur chemin depuis leur chambre jusqu'aux caves.

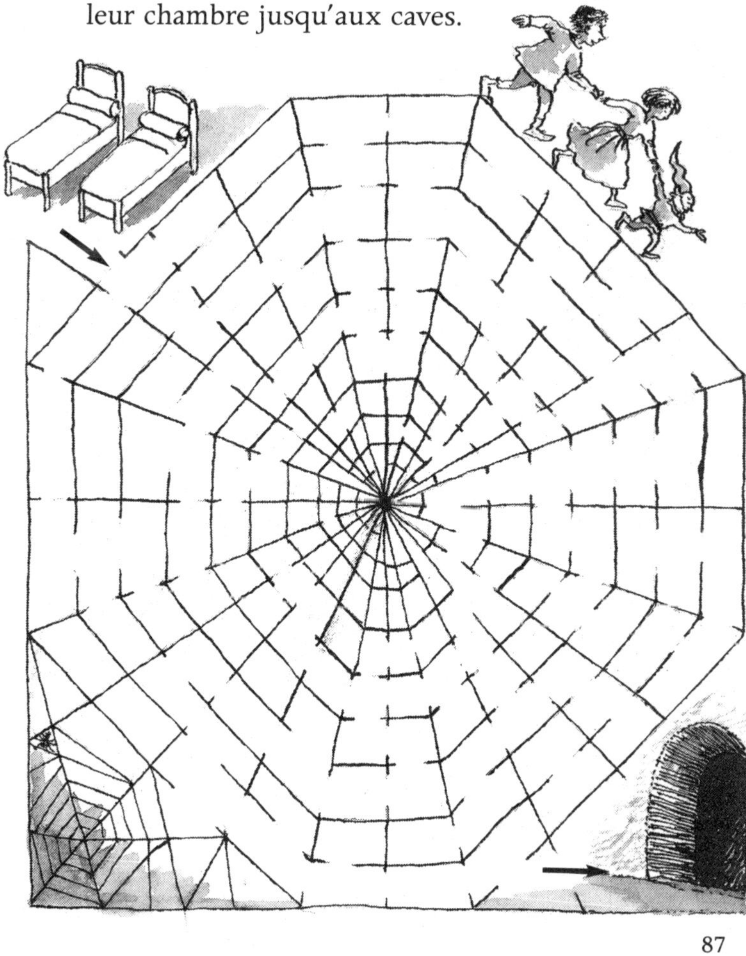

Par pigeon postal

Le pigeon voyageur va porter à Adeline le message du capitaine Killian. Utilise le code pour déchiffrer ce message.

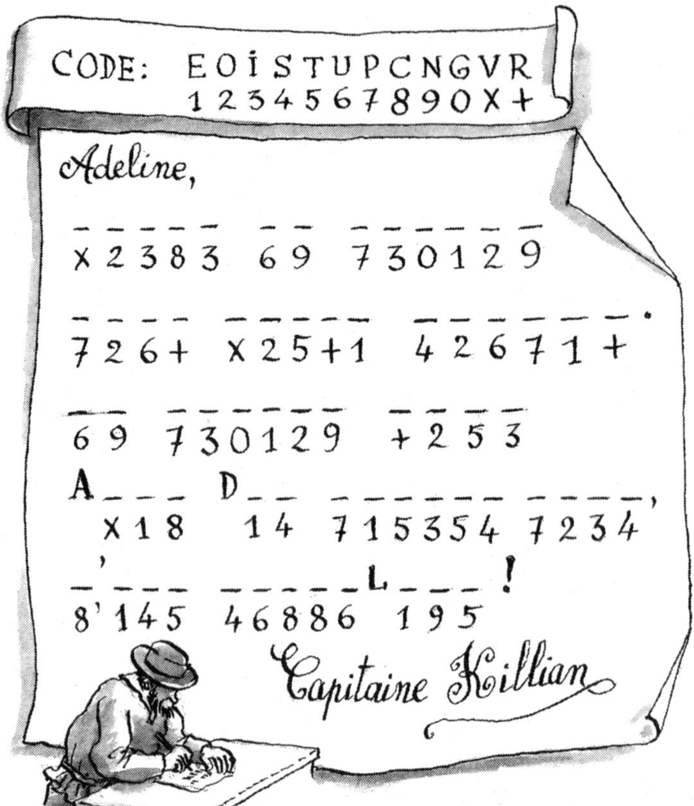

Ancres enchaînées

Clémentine a fait tomber une pile de chaînes d'ancres. Démêle-les.

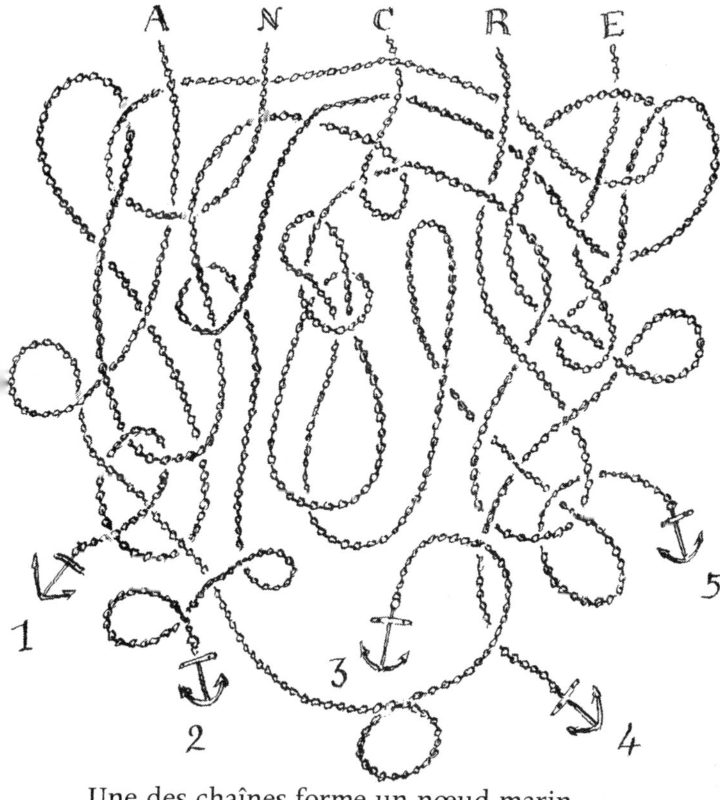

Une des chaînes forme un nœud marin.
C'est un nœud de chaise ? un nœud de hamac ? ou un nœud de transat ?

Un jour à l'ancre...

Quand un navire a jeté l'ancre dans un port, on dit qu'il est à la mouillette ? au mouillage ? ou à la pattemouille ?

... Une nuit d'encre

Le soir descend, la nuit tombe. Regarde bien : il y a neuf différences entre le port vu de jour et le port vu de nuit. Entoure-les.

Gare aux douaniers !

Barre toutes les lettres en double dans chaque ligne et dans chaque colonne. Tu liras de haut en bas le « métier » du capitaine Killian.

F	X	J	~~G~~	C	Z	J	L	~~G~~
G	P	O	M	X	G	W	K	P
Z	F	Z	J	P	H	F	V	N
~~Q~~	X	H	Z	S	T	S	H	Z
M	W	G	R	P	M	L	F	W
E	M	F	W	X	S	M	L	K
W	V	L	F	L	J	B	W	F
X	A	Y	J	M	S	G	X	M
F	V	G	M	Y	Z	W	N	Y
P	Q	F	Y	D	P	Y	Q	K
K	I	S	S	Q	J	K	V	P
~~Q~~	G	Y	W	G	H	L	F	E
V	L	R	V	Q	L	G	K	P

Diantre ! quel langage !

Le capitaine Killian, Glinglin et Jack le Borgne emploient de drôles d'expressions !
Relie les bulles deux par deux pour les reformer.

de paysans !

du ciel !

bonhomme !

Jeune

Marin

Nom d'un petit

Dieu

Sacré

Graine

de nom !

Bouseux

Cornes

d'eau douce !

de bouc !

Tonnerre

blanc-bec !

farceur !

Nom

de Brest !

de flibustier !

Branle-bas de combat !

Le capitaine Killian croit que des passagers clandestins se cachent dans la cale.
Il est fou furieux. Rends à chacun sa bulle.

Le sudoku du korrigan

Remets chaque petit carré à sa place dans la grille : tu dois avoir 1, 2, 3, 4, 5, 6, 7, 8, 9 dans chaque ligne, dans chaque colonne et dans chaque grande case.

1	2	2	2	4	4	4
5	6	~~6~~	~~7~~	8	9	9

2	3	6	4	5	1	7	8	9
8	4	9		7	3	1	6	5
1	7	5	6	8		2	3	
9	2	8	5		7	3		6
6			3	9	2	8	1	7
7	1	3	8	6	4		5	2
3	8		9	4	5	6	7	1
4	9	1	7	3	6	5		8
5		7	1	2		4	9	3

SOLUTIONS DES JEUX

P. 85 – FESTIN MARIN : Saucisses de maquereau, civet de baleine, queue de sirène en gelée (seau, six, deux, mât, cœur, eau, scie, V, deux, balai, nœud, queue, 2, scie, reine, ange, lait). Et le dessert ? (aile, œufs, dé, cerf ?). Oursins au caramel et huîtres à la grenadine (ours, un, eau, K, rame, aile, haie, huit, rat, la, grenade, i, nœud).

P. 88 – PAR PIGEON POSTAL : Adeline, voici un pigeon pour votre souper. Un pigeon rôti avec des petits pois, c'est succulent ! Capitaine Killian.

P. 89 – ANCRES ENCHAINÉES : A3, N4, C1, R5, E2.

Un nœud de chaise.

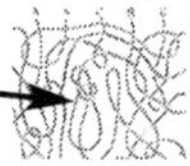

P. 90 – UN JOUR A L'ANCRE… : Au mouillage.

P. 92 – GARE AUX DOUANIERS : Contrebandier.

P. 93 – DIANTRE ! QUEL LANGAGE ! : Jeune blanc-bec ! Marin d'eau douce ! Nom d'un petit bonhomme ! Dieu du ciel ! Sacré farceur ! Graine de flibustier ! Bouseux de paysans ! Cornes de bouc ! Tonnerre de Brest ! Nom de nom !

P. 94 – BRANLE-BAS DE COMBAT : Le capitaine : 4. La souris : 3. Anatole : 1. Clémentine : 2.

P. 84 – LE SUDOKU DE KILLIAN :

O	L	E	U	R	G
G	U	R	E	O	L
R	E	L	G	U	O
U	G	O	L	E	R
L	O	U	R	G	E
E	R	G	O	L	U

P. 86 – CACHETTE COUCHETTE :

P. 87 – LA SARABANDE INFERNALE :

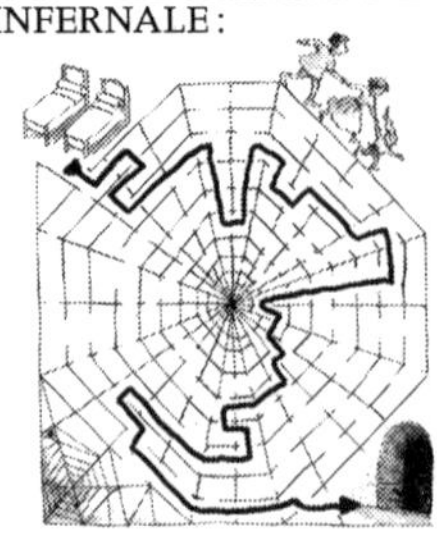

P. 91 – … UNE NUIT D'ENCRE :

P. 95 – LE SUDOKU DU KORRIGAN :

2	3	6	4	5	1	7	8	9
8	4	9	2	7	3	1	6	5
1	7	5	6	8	9	2	3	4
9	2	8	5	1	7	3	4	6
6	5	4	3	9	2	8	1	7
7	1	3	8	6	4	9	5	2
3	8	2	9	4	5	6	7	1
4	9	1	7	3	6	5	2	8
5	6	7	1	2	8	4	9	3

Mise en pages : Alain Barreau

Loi n°49-956 du 16 juillet 1949
sur les publications destinées à la jeunesse
ISBN 978-2-07-062180-4
Numéro d'édition : 160903
Dépôt légal : juin 2009
Imprimé en Espagne
par Novoprint (Barcelone)